合歓の花

北畑光男

思潮社

合歓の花

北畑光男

思潮社

合歓の花　北畑光男

目次

装幀＝思潮社装幀室

合歓の花

影

砂利にすわり込んで
幼児は
ちいさい石を集めています
日陰から

陽のあたるところへ幼児を移しても
幼児は
何事もなかったように
石の影を崩しては
形を変えて
また
石の影を積んでいます

木の問い

木の上の方で
ちいさい求道者が問いを発しています
木は
コッコッコッと応えます

ちいさい求道者は
木に対して
直角に問いつづけています

お前はどこから来たのか
お前はどこに向かっているのか
このことだけを
木に
直角に問います
下から
だんだん太くなって伸びてきた
上へ伸びていきます
木は答えます
ここで俺は生涯を立っているだけです

高いところの幹に穴が開いています
ちいさい求道者があけた穴です
木は洞になって

求道者を受け入れています
ちいさい求道者は
問う事で精いっぱい

洞をつくられるたびに自由になっていく
木です
強い風が吹けば
ごおごおと哭き
山をゆらし問う
木です

その時
ちいさい求道者は問うことができません
ちいさい求道者よりも

木の方が
おおきな悩みを問い続けているようです
山をゆらし
ごおごおと哭いています

いとざくら

幼くして故郷を離れたおれの
初めて聞いた花の名前
いとざくら
方言で辛夷のこと
旅館の女将邊見むつ子さんの言葉
何十年も経ち
故郷に帰った人は旅館に泊まるだろう
その人も同じ言葉を教えられるだろう

失われていく方言を訪ねては逆に
一揆*との関係を疑われたかもしれない
方言は
寒い冬を耐えてきたのではなかったか
いとざくらは
雪融けのあとに咲いてくる
裂けた清楚な花だ

そこがどんなにあたたかいか
そこがどんな色彩をおびているか

一揆の隠れ家は隠語を使い拠点を変えた
見つかれば打ち首の時代である

いとざくらも
隠語の長い冬を生き延びた言葉であるか

「困る」の字の代りに
小さい丸を筵旗*に掲げる
山瀬の吹きおろす北上山地である
凍てついた狭い道の雪も消えた
傾斜地に残った
一本のいとざくらが咲いて

*江戸時代末期に起こった大規模な三閉伊一揆を筆頭に、一揆発生数は南部藩が国内有数。

*字を知らない農民たちは筵旗に墨で小さい丸を書き「こまる」を表した。今から五十～六十年位前までは先祖が一揆に加わったかどうかで心理上の葛藤があったようだ。

挽歌

なにかちいさいものが動いた
ライトに
照らしだされたのは

一匹のこおろぎ
死んだ仲間を食っている
体液も吸っているか

焼かれたばかりの人の骨を砕いて呑んだ
生きなければならない孤独を聞いた

骨と皮になった戦友のぎょろめは言った
俺を食って生き延びろ

人もこおろぎも償いなどできない

おなじ罪をもっていたのか
キャップライトに照らしだされ
手を合わせ頭を下げて

肉もとける霧雨の道である

ハクモクレンの難民

タラヨウはハガキの木だと聞いた
葉の裏に宛先を書いて投函できるのだとも
本庄市長泉寺でのこと

早春の風にふるえて咲く
ハクモクレンの花は
あの世からの未使用のハガキか

村上昭夫の詩
〈五月に散る一番の花は木蓮の花だ〉

こちらは茶褐色になって散った花
使用済みの古いハガキ
書かれてある字も読めない
孤独な祈りのなかでしか読めない

千鳥ヶ淵戦没者墓地に散る
ハクモクレンの花は
空から届く
死者からの便りである

千鳥ヶ淵だけではない

ハクモクレンの花が散るところは
どこからでも難民になった死者がやって来て
字をびっしり書いた

空は暗い
今もこの国がうんでいる
あたらしいかたちの難民

死者が
ハガキいっぱいに
思いの丈を記したために茶褐色で暗い

ハガキの文字は小さい星
受取る人の幸せを願う言葉が込められた

祈りの星だ

聖《ひじり》

*

盛り上がる海の舌
家は流れ漂い
助けを呼ぶ声を呑み
海の舌は
お地蔵さまを倒し

分厚い海の舌はいくつにも裂け
街の奥へ入っていく

＊

舌には顔がない

＊

海の舌が退いていく
バラバラにちぎれてしまった
足首をつれて
海の舌が退いていく

＊

糞尿と油にまみれた猫の死体があちこちに散らばっている

死んだ猫が四辻で立ち上がり哭いている

＊

生きのこった老女は見た
ふ化したばかりの
透きとおった魚になっている自分を

もう一人の老女は
天の果てに降る雪を見た

目の潰れたもう一人の老女は聞いた
木のなかを天に上る川の音を

＊

生きのこった三人の老女
流されていたお地蔵さまをきれいに洗い
亡くなった人々や行方不明の人たちを
抱きしめるように耳をあてた

どこにいるの　どこへいくの

途上の生

押し入った欲望が持ち物を奪い取る
連れ去られていった隣家のおばさん

逃げてきたぼろぼろの服
一緒に逃げてきたノミもシラミも飢えが襲う
橋の下で　空き家で身を寄せ合う
大丈夫か
お互いの口に声が灯っては消える

冷たく硬くなった弟
ノミもシラミも生き延びた者に移る
歩いても　歩いても遠のいて行く地平線
明日の見えない逃避行

あれから何十年も過ぎたのに
今でも
海を渡る者
船からあふれんばかりの人
死ねば希望も思い出もすべて海に捨てられる
ぼくのなかにもある弱いものへの迫害

蟬を運ぶ黒山の蟻を踏み潰した

蛇だというだけで頭を潰した
立場が変わるだけで迫害は続くか
戦場で人の肉を運ぶ蟻もあるのだ
人を呑みこむ大蛇もいるのだ

ぼくは見たのだ
雪のなかであかりを灯しているミカン
青い空にいっぱい実をつけたりんごの実

どれも旅の途上の生ではあるが
他者への生は
己のうちがわから灯るものではないのか

焼き鳥

煙が昇っている
そんな煙のなかを
今にも

ばらばらになって消えそうに飛んでいる
鶏がいる

皮や手羽、せせり、砂肝、ネギマ、ハツ、ナンコツに分けられ

串に刺される
タレをつけられ
炙られ
また
タレをつけ炙られる
なんだか自分にそっくり
とっくに失ったと思っていた夢も希望も炙られる

炭の火を赤黒く変えるおれの油
ばらばらになった
焼き鳥のおれ

火は沈黙のまま赤々と燃え
生きなければならないおれを怒るのである

剝がされ
分けられた鶏の部位は
煙になって
不揃いではあるがやっとひとつのからだに
もどれたかのようでもある

空を
今にも落ちそうに飛んでいる
風が吹けば
散り散りに飛ばされてしまう煙の鶏である

ひろくていいなあとも
すこし煙が目に沁みるとも

かすかに
鳴いたようであった

降っていた雪も止んで
ツララの先から
怒りも哀しみも無常もただただ垂れおちる

おれがおれを貪っているのである

岩魚

俺は死んでいきます
食べなければならなかった
カゲロウの幼虫
川面を飛ぶ蝶

もう俺の食べる分だけは
死ななくていいから

五月になっても雪のある
山奥の渓流では

釣針にひっかかったもう一匹の岩魚が
尾で夕陽をはじき
仲間に知らせています
あっちにいけ
あっちにいけ

岩魚の背をながれる川では
雪崩に巻き込まれた鹿
腹の裂けたひき蛙も
いたるところに沈んでいます

生き残った仲間
もう一匹の岩魚も痩せほそって

雪崩と飢餓におそわれた
岩魚の川です

こんな山奥まで老人は
生き残った仲間を釣りに
岩の急斜面を這いつくばってきたのです

もうおれの食べる分だけは
死ななくていいから
蝶
カゲロウ

水での時間を脱いだ
カゲロウが
川岸の草からとびたっています
蝶は沢風にのって

さむい夕陽が折れています

老人は岩魚を釣りにきて
岩魚に自分が釣り上げられています

ザゼンソウ

雪がまだらに融けている
谷川の湿地帯に
カメラを持ち
あなたは入っていくか

ズボンの膝も尻も
泥まみれになりながら
そんなにも何が

あなたを駆り立てるのだろう
くぬぎ林はまだ裸木
春を告げる小鳥もいない

聴こえるのは
小さな谷川の音
冷たい風の音
その奥に咲いているのは
濃い紫の大きな苞だ
花はこの内側にでる
茎から家族のようにでているのだ

僧が

坐禅をしている姿からとった名前
ザゼンソウ
別の名を達磨草
九年間坐り続けたことで
悟りをひらいた
達磨大師にちなむこの花に

あなたは
耐えること
冷えた世界をあたためること
まわりの雪を融かすこと
ひっそり花をつけること
あたかも仏像の光背のような苞が
小さい花を守る形に

みずからを重ねていたのかもしれない
カメラを持ち
まだ雪のある谷川の湿地帯に

あなたは一人で入っていくか

世界の湿地
人間の魂に咲く花
時間の哀しみも
時間の喜びにも咲く
ザゼンソウを写しに
あなたは一人で入っていくか

背の川

学校の裏を流れる川では
弁当の無い
少年が
水切りをしています

水面を切って
石ころは飛んで行きます
少年は

石ころを拾いあげ
もっと遠くへ
孤独を
力まかせに投げています

戦死した父
少年の空腹と
父親のいない淋しさです
戦後間もなくの
川のできごとです

いまでもこの国では
苛めや差別
親からの虐待で

行き場の無い子どもが
コンクリートの土手で
流れる川を
みつめています
そんな子どもの背には川が流れています

背に川を持つ人には
みえています
流されてきたのは透明になった人です

ちいさい手を合わせています
生きててごめんね

少年は

自分の背を流れる川に
幻の石を
自分に向けて投げています

水の輪

真夜中に幼児が
両手をついて
部屋のなかをみわたしている
ほんの一瞬のできごとであったが

いのちが初めて
陸へ
あがってきた時の恰好を思わせる

散歩をしていたら
アマガエルが田んぼのそばで
幼児のように
四つん這いになっているではないか

おれが近づくと
田んぼに水の輪がひろがっていく

とび込んだカエルは
賑やかになく
まだ夜の入り口である

田んぼにとび込まなかったか

とび込めなかったカエルか
こぬか雨の朝
車に轢かれたカエル
筋肉の繊維が水に白く浮いている

蟬がお経を唱えている
えのころぐさの小さい花の穂は雨滴を
抱いてにぶくひかり
おれの少年時代に垂れている

つゆくさの花は青い星雲のようにひらき
陸へあがったものは再び
水の輪ができる所へ

引返すことはできないのか

沢ガニ

長い病で臥せていると
背には沢の水が流れていると思う
痩せて小石と岩ばかりの背の沢
その石の下には沢ガニがいるのだと思う

いったいどこから
何時

やってきたのか
長く臥せた人には見えない
川虫の幼虫を爪の鋏で裂き
肉を喰う
沢ガニは
病の巣そのもののようである
痛むのは
からだが沢ガニに喰われているからか

水たまりに出るちいさいあぶく
一瞬きれいに見える沢ガニの
この世への合図であるか
なにもない
なにもないと

独り言を言っている合図であるか
そうしていれば
からだを
沢ガニは
喰えるとでも思っているのか

背を流れる沢の水は
病んだ人には見えない

長い病で臥せていると
背を裂かれる痛みとともに
瞼のうらに見える
銀河
それは沢ガニが

殻を脱いでは
幼虫の肉を喰っている
病の自分そのものを喰っている
あの世への
祭りであるか

すずむし

つゆにぬれながら
ひえていくすずむしのおれ

ねえさん
おともなくきえていったあの
しろいほうしゃじょうのてんはなに

おまえはくるな

くさつゆのなかでいきるおまえはくるな
なげられたひかるこえ
りっりっ

すずむしのおれに
なにかをつたえたねえさんのあいずか
しろいてんが
ほうしゃじょうにひろがり
ひろがったいちからいっせいにらっかし
とちゅうできえていく

さみしいはなび
はなにらのような
しろいてんのほうしゃ

あれは
あうことのできなかった
ねえさんのあいずか
なにかにたえ
のみこまなければならなかった
ねえさんのねがいか
おれがうまれるまえに
いきたえていったねえさんのこえか

くるなこっちにくるな
とつぜんあらわれたぬま
なかまをくわねばならなかった
すずむしのねえさん
ほしをうつすぬまのそばでないている

りつ　りつ　りつ　りつ

公孫樹

風が春を運んでいる

公孫樹は
花びらのない花をつけた
濡れた雌蕊に花粉をつけた
公孫樹の春

卵に向かって

しずかに花粉管をのばしていく
あたらしい星の誕生の営み

入道雲に雷が走る

むきだしの受精した星の子は
ほとんど育つことはない
一つの星の子のために養分となって
消えてしまうのだ

季節は傾き
葉のなかにひろがる寒い秋

子を失ったかなしみ

公孫樹は
半透明な黄葉へと変わる

覚悟して入院した朝
黄金の公孫樹並木であった

呼ばれる声がだんだん近づいてきて
目覚めた意識のなかに
点滴の黄色い液がゆっくりと落ちてくる
空海の説いた理想は黄金の世界であったが
その色はいのちの極か
あの世へのあかるい道か

見上げる空も道路もいちめん黄金の色だ
黄泉路か
消えた子たちの祝祭か

生きた化石と言われる公孫樹である
受精して銀杏になるまで
どれほど多くの死を
自らのうちがわに取り込んできたか

春

電車の窓からは
煌めくネオンのビルが見えていたが
（いつしか俺は眠ってしまったようだ
電車の音と通過する駅のアナウンスも
（さらに俺をふかい眠りに

賑やかな電飾のビルが消え
高層のマンションが消え
家々が消え
田んぼが消え
野菜畑が消え
草原が消え
木から
木へ
芽吹きの枝を猿がとびうつっている
あたらしい木の芽をたべるもの
毛づくろいをするもの
陽がこぼれている
海では

鯨が潮を噴き上げている
もう一つの地球が小さい星に見える
俺は何千万年もの未来に来たようである
(聞きなれた声が大きく近くなってくる
(終点ですよ

あわてて俺は
何千万年もの未来にまで伸びていた
尻尾を
透明にして
目覚めたからだに巻き付ける

地球のどんな季節が
俺のからだじゅうを探しても
何も無い

野ネズミ

山を揺さぶり風が
吹いていった
ぼたぼたと落ちる栗の実を
腹いっぱい食ったか熊
頬がふくらんだかリス

枯葉の中に残された
栗の実は虫食いの実だけしかない

そんな栗を拾いあつめて
おれは飢えをしのごう

冬眠に入る前の蛇に睨まれたおれは
逃げてきた枯葉の中で
ぶるぶるふるえて
いつしか眠ってしまった

夢の中に出て来るおれは
野ネズミではない
野ネズミに喰われる細長いミミズであった
土を食うミミズであった

いつもリスや熊たちに

挨拶をする
星や太陽に手を合わせる
こんな信仰くさい嘘を生きる
野ネズミのおれがみえたのであった

沢水は手が
切れるように冷たい

おれが水の中から同じ顔で
覗いている
落ちてきた枯葉がおれを消した
もうじき雪だ

友缶《ともかん》*

都会に
近づくにつれて
電車内の人は多くなってきます
足下に置かれた
黒い友缶の俺に

目をとめたひとりが
聞いていいます

（この中に何が入っているの
（ウミホタルです
（ウミホテルって?!
その婦人は
周りのみんなにきこえる声で
俺の
唯一　透ける口の蓋を
覗いたのでした

その襟が直り
覗き終わるか
終わらないうちに
セールスマン風のネクタイや
塾帰りのランドセルまでも

暗を抱いた友缶の俺を
覗きます
このとき

俺の
口の中を覗いた
ひとたちは

はからずも
自らの暗い胸にしまっている
あおいひかりを
見せられたのでした
友缶の俺の中に
一瞬

忘れていた何かを
よびさましたのです

覗いた人の疲労を
食べたのか
友缶の俺の
水位が
上がったようです

＊アユなどを生きたまま入れる箱。

年金山

数百メートルの低い山々だが
それぞれの山には立派な名前がついている
それなのに
出会う人たちはどの山も
年金山と呼ぶ

何年間も積もったのであろう枯葉の布団
猪や鹿などの死体を抱いたか

こげ茶になった枯葉
ダンゴムシが拝むように枯葉を食っている
枯葉は
糞《ふん》になってでてくるのである
その糞をミミズが食い
ふたたび糞の糞がでてくる

雨風の時間にうたれ
雷が光る

糞の中は暖かい
糞の中は匂わない

（おれでも糞になれるかな

山道での挨拶はのどを潤す沢水だ
濁らない

勤めを終えた人
これからの気合をもった人の話である

ゲンゴロウ

水底から上がってくるのはゲンゴロウです
豆腐　納豆
油揚げを売り歩く
俺の少年時代から
水面にたどりつくゲンゴロウです

羽と背中のあいだに空気をため込みます
尻をうえに向けて

泡をだし
すぐにまた水中にもぐっていきます

俺の胸にできた水たまりに
少年時代から飛んできたゲンゴロウです

弱った魚に
喰らいつくゲンゴロウです

自分に息苦しくなるのか
ときどき
水面にでて空気をため込みます
そしてまた水中にもぐっていきます

ゲンゴロウが
水底から上がってきます
ちいさい漣がたち
生きている悔いがひろがっていきます

合歓《ねむ》の花＊

空に向かって合歓の花が咲いています
花はほそいアンテナのように
天に向いています

誰かと交信するようにも
まだ知らない宇宙の
星との交信を待っているようにも
天に向かって合歓の花が咲いています

花弁は有るか無きかのようです
合体し上だけいくつにも裂けた花弁です

この地球では誰とも結ばれることのできない
孤独な花です
それなのに合う歓びの名がついた花です

ビッグバン以来非常な高速度で
宇宙の中心から遠ざかっていく星雲
その星雲を呼ぶようにアンテナを伸ばし
天に向かって咲く花です

裂けている小さい花弁

光よりも速く
宇宙の果てからの信号を受信する
ぼくの幼年に咲く花です
理由《わけ》あって別れた人に咲く花です

＊がくは筒状で、花弁は合体し、上部だけ五片に分れ、多数の雄しべは細い糸状で非常に長く、淡い紅色である。（『牧野日本植物図鑑』より）

あとがき

前の詩集『北の蜻蛉』を刊行したのが二〇一一（平成二十三）年十一月。それ以降の作品を収録しました。

この七年間の間に、見たり、体験したり、考えたりしたことなどを小生なりに詩作品にしてみました。

読み直してみると、今まで以上に、他者の存在を意識して書いてきたような傾向があるように感じられます。巡り巡って、他者は自分の問題でもあります。

詩集を作るにあたり、編集部の久保希梨子様、装幀を担当していただいた和泉紗理様、小田康之様には大変お世話になりました。心より感謝申し上げます。

二〇一八年初秋

北畑光男

北畑光男（きたばたけ・みつお）

一九四六年、岩手県生まれ。詩誌「歴程」「撃竹」同人。村上昭夫研究誌「雁の声」主宰。日本現代詩人会、日本文藝家協会、埼玉詩人会、岩手県詩人クラブ会員他。

詩集

『死火山に立つ』一九七二年、北書房
『とべない螢』一九七八年、地球社
『足うらの冬』一九八三年、石文館
『飢饉考』一九八六年、石文館
『救沢まで』一九九一年、土曜美術社（第三回富田砕花賞）
『文明ののど』二〇〇三年、花神社（第三十五回埼玉文芸賞）
『死はふりつもるか』二〇〇六年、花神社（第十三回埼玉詩人賞）
『北の蜻蛉』二〇一一年、花神社（第十九回丸山薫賞）

評論集

『村上昭夫の宇宙哀歌』二〇一七年、コールサック社
（第十四回日本詩歌句随筆評論大賞評論部門優秀賞）

合歓《ねむ》の花《はな》

著者
北畑光男《きたばたけみつお》
発行者
小田久郎
発行所
株式会社思潮社
〒一六二—〇八四二　東京都新宿区市谷砂土原町三—十五
電話〇三（三二六七）八一五三（営業）・八一四一（編集）
ＦＡＸ〇三（三二六七）八一四二
印刷
三報社印刷株式会社
製本
小高製本工業株式会社
発行日
二〇一八年十一月二十日